$\mathcal{E}$in Engel
begleite euch auf eurem
gemeinsamen Lebensweg
und lasse euch Gottes Nähe spüren.

Gisela Baltes

Gisela Baltes

Ein Engel
zur *Hochzeit*

Butzon & Bercker

Engel zur

Hochzeit

Zur Hochzeit
wünsche ich euch eine Schar Engel:

Einen, der euren Weg begleitet,
einen, der eure Liebe behütet,
einen, der eure Treue bewahrt.

Einen, der Sorgen von euch fernhält,
einen, der euer Glück schützt,
einen, der euch voller Hoffnung
in eure gemeinsame Zukunft
blicken lässt.

Gisela Baltes

*W*ir sind Engel
mit nur einem Flügel.
Um fliegen zu können,
müssen wir uns umarmen.

Luciano de Crescenzo

Engel für euer

Leben zu zweit

Engel mögen
euer gemeinsames Leben begleiten.
Sie mögen euch sicher
durch alle Höhen und Tiefen führen
und euch stets
an das Versprechen erinnern,
das ihr euch
bei eurer Hochzeit gegeben habt.

Gisela Baltes

Engel der
Verbundenheit

Ich wünsche euch einen Engel,
der eure Liebe begleitet und festigt.

Er helfe euch,
achtsam und verständnisvoll
miteinander umzugehen,
füreinander Zeit zu haben und
einander zu vertrauen.

Er stärke eure Bereitschaft,
füreinander einzustehen.
Er schenke euch gemeinsame Erlebnisse
und bereichernde Erfahrungen,
an denen ihr wachsen könnt.

Gisela Baltes

Ja
zueinander

Wenn zwei Menschen
Ja zueinander sagen,
geben sie einander
einen großen Vorschuss
an Vertrauen;
sie trauen sich,
einander zu trauen.
Sie ver-trauen
einander.

Adalbert Ludwig Balling

Liebe

Liebe freut sich über
den Erfolg des andern,
über das Glück des andern,
über die Freude des andern.

Solche Liebe baut Brücken
für ein Leben zu zweit.
Sie weiß sich getragen
von der Ehrfurcht des andern,
von seinem Einsatz
und seiner Treue.

Adalbert Ludwig Balling

Zeichen der

Liebe

Ich wünsche euch Liebe,
die sich immer wieder
in einer zärtlichen Geste zeigt,
die euch ganz und gar mit Wärme füllt,
die euren Tag zum Leuchten bringt.

Ich wünsche euch Liebe,
die Nähe schenkt, ohne einzuengen,
die euch die Freiheit lässt,
so zu sein, wie ihr seid.

Ich wünsche euch Liebe,
die nie selbstverständlich wird,
die im Geben und Empfangen wächst
und die Welt ein wenig wandelt.

Gisela Baltes

*Ich hab dich so lieb!
Ich würde dir ohne Bedenken
eine Kachel aus meinem Ofen
schenken.*

Joachim Ringelnatz

Hundertmal

Hundertmal was verpatzt
Hundertmal Kragen geplatzt
Hundertmal Ruhe gestört
Hundertmal dasselbe gehört
Hundertmal Nerven (fast) ruiniert
Hundertmal Gefühle (friedfertig) saniert
Hundertmal dasselbe gedacht und
Tausendmal miteinander gelacht

Gisela Baltes

Sag mir,

was Liebe ist

Falls es Liebe ist,
wenn ich deine Nähe suche,
nur, um einfach bei dir zu sein,
dann liebe ich dich.

Falls es Liebe ist,
wenn ich mir wünsche,
dass es dir gut geht,
dann liebe ich dich.

Falls es Liebe ist,
wenn ich alles, was dir wichtig ist,
zu verstehen versuche,
dann liebe ich dich.

Falls es Liebe ist,
wenn ich dir schon in Gedanken
alles erzähle, was mich beschäftigt,
dann liebe ich dich.

Falls es Liebe ist,
was in mir hofft und wagt,
was in mir sucht und ruft,
was in mir sehnt und wartet,
dann liebe ich dich.

Gisela Baltes

Ich wünsche euch

Glück

Ich wünsche euch das Glück,
zu lieben und geliebt zu werden,
Freude zu empfangen und zu geben.

Ich wünsche euch viel Zeit miteinander,
aber auch den Freiraum,
eigene Interessen zu verfolgen.

Ich wünsche euch die Gabe,
alle Hürden eurer Ehe
mit Humor zu meistern.

Gisela Baltes

Einander

Engel sein

Wie schön ist eine Ehe,
in der gegenseitige liebevolle
Achtsamkeit zu Hause ist
und es der eine spürt,
wenn der andere einen Engel braucht:

einen Engel, der ihn beschützt,
einen Engel, der ihn tröstet,
einen Engel, der ihm Halt gibt …

Ich wünsche euch beiden den Mut,
einander wirklich ein Engel zu sein.

Irmgard Erath

*Hat die Liebe
einmal gekeimt,
dann treibt sie Wurzeln,
die endlos
weiterwachsen.*

Antoine de Saint-Exupéry

Schöne

Überraschungen

Das Leben zu zweit
ist ein wunderbares Abenteuer,
das immer wieder Neues und
Unerwartetes bereithält.

Dass viele besonders schöne
Überraschungen dabei sind,
das wünsche ich euch von Herzen.

Irmgard Erath

Du bist

mein

Du bist mein, ich bin dein,
dessen sollst du sicher sein.
Du bist verschlossen
in meinem Herzen,
verloren ist das Schlüsselein:
Du musst für immer drinnen sein.

Unbekannter Dichter, 12. Jahrhundert

Engel der

Freude

Ich wünsche euch einen Engel,
der eure Ehe mit Freude erfüllt,
der euch Leichtigkeit und Schwung verleiht
und euch mit Humor und guter Laune
euren gemeinsamen Alltag meistern lässt.

Er schenke euch immer wieder
Zeit füreinander
und ein herzliches Lächeln,
das euren Tag hell und froh macht.

Gisela Baltes

Treue

Ich möchte mit dir reden,
ich möchte mit dir schweigen.
Ich möchte mit dir glücklich sein,
ich möchte mit dir leiden.

Ich möchte mit dir gehen,
ich möchte mit dir ruh'n.
Ich möchte mit dir müßig sein,
mit dir die Arbeit tun.

Ich möchte mit dir träumen,
ich möchte mit dir wachen.
Ich möchte mit dir traurig sein,
ich möchte mit dir lachen.

Ich möchte mit dir beten,
dass uns die Zwietracht meidet.
Mit dir möcht' ich zusammen sein,
bis dass der Tod uns scheidet.

Gisela Baltes

Der Engel der

Treue

Der Engel der Treue unterstütze euch,
in guten und schlechten Zeiten
zu eurem Wort zu stehen
und füreinander da zu sein.

Er mahne euch zur Verlässlichkeit
im Kleinen wie im Großen.

Er helfe euch,
einander zu vertrauen
und die Fehler des anderen
mit Nachsicht zu ertragen.

Gisela Baltes

*U*m den vollen Wert
des Glücks zu erfahren,
brauchen wir jemanden,
um es mit ihm zu teilen.

Mark Twain

Gemeinsamer

Weg

Ich wünsche euch einen Engel,
der euch auf eurem gemeinsamen Weg
ein liebevoller Schutz und Begleiter ist.

Gisela Baltes

Der Engel des

Friedens

Der Engel des Friedens
zeige euch Wege des Ausgleichs,
um Missverständnisse aufzuklären.

Er leite euch an,
achtsam miteinander umzugehen,
Geduld und Verständnis
füreinander zu haben,
Konflikte freimütig anzusprechen
und Lösungen zu finden,
die euch beiden gerecht werden.

Gisela Baltes

Gelassenheit

Ich wünsche euch
Güte und Gelassenheit
im Umgang miteinander,
angeregte Gespräche
und besinnliche Momente,
in denen ihr zur Ruhe kommt.

Gisela Baltes

Gemeinsam

Komm,
wir wollen
über unsere Schatten springen,
du über deinen,
ich über meinen.

Wir nehmen uns bei der Hand
und dann springen wir
gemeinsam.

Wenn wir fallen,
fallen wir gemeinsam
und teilen den Schmerz
und stehen gemeinsam auf
und gehen gemeinsam weiter
denselben Weg,
unsere Schatten im Rücken,
vor uns die Sonne.

Hand in Hand.
Gemeinsam – viel leichter!

Gisela Baltes

Tagebuch-Notiz

Eure Liebe zueinander
entspringt Gottes erster Liebe.
Nehmt diese Liebe immer in Anspruch!
Eure Liebe zueinander
ist verzeihende Liebe.
Sprecht immer miteinander!
Verzeiht einander Fehler
und lobt gegenseitig eure Gaben!
Eure Liebe zueinander
ist Liebe für andere:
für eure Kinder,
für eure Gäste,
für die Armen.
Achtet stets auf jene,
die sich an eurer Liebe
nähren möchten!

Henri M. Nouwen

*D*ie Liebe hemmet nichts;
sie kennt nicht Tür noch Riegel
und dringt durch alles sich;
sie ist ohn' Anbeginn,
schlug ewig ihre Flügel
und schlägt sie ewiglich.

Matthias Claudius

Engel der

Klarheit

Der Engel der Klarheit
sei euer zuverlässiger Begleiter,
damit ihr in schwierigen Situationen
den Durchblick behaltet.

Er lasse euch Sackgassen erkennen
und weise euch den richtigen Weg.
Er helfe euch, Lösungen zu finden
für die Rätsel, die das Leben euch aufgibt.

Gisela Baltes

Engel der *Hoffnung*

Der Engel der Hoffnung
begleite euch durch eure Ehe
und erfülle jeden Tag
mit Zuversicht und Lebensfreude.

Er bestärke euch,
vertrauensvoll und gelassen
auf euer gemeinsames Leben
zu schauen.

Er ermutige euch,
eure Pläne beherzt umzusetzen,
Chancen tatkräftig zu ergreifen
und jede Schwierigkeit
als Herausforderung anzusehen.

Gisela Baltes

Ein Engel für euren Alltag

Ich wünsche euch einen Engel,
der euch auf eurem gemeinsamen Weg
ein liebevoller Schutz und Begleiter ist.

Er erweise sich als kluger Ratgeber,
der euch Tag für Tag hilft,
die richtigen Entscheidungen zu treffen.

Gisela Baltes

Der Engel des

Segens

Der Engel des Segens
leite euer Geschick
in glückliche Bahnen
und halte Unglück von euch fern.

Euer ganzes Leben lang
möge er euch
Gottes Liebe und Fürsorge
spüren lassen.

Gisela Baltes

Illustrationen: Heidi Stump

Fotos: Rose: © Colette; Fingerabdrücke: © beaubelle; Ranke: Lana; S. 5: © Christian
Malsch; S. 7, 18, 27, 39 (v. l. n. r.): © doris oberfrank-list; © Christian Malsch;
© Ruth Black; S. 10, 19, 31 (v. l. n. r.): © chris74; © Esther Hildebrandt; © karesch;
S. 11, 17, 23, 34 (v. l. n. r.): © Picture-Factory; © emmi; © nachbelichtet; S. 13:
© nachbelichtet; S. 15, 26, 35 (v. l. n. r.): © ChristArt; © Brothanek Foto; © Kieran Welch;
S. 21: © chris74; S. 29: © Picture-Factory; S. 37: © ChristArt; alle: Fotolia.com

Texte: S. 9: aus: Adalbert Ludwig Balling, An deiner Seite. © 2007 Butzon und Bercker GmbH,
Kevelaer, www.bube.de; S. 10: aus: Adalbert Ludwig Balling, Alles Liebe zum Hochzeitstag.
© 2012 Butzon & Bercker GmbH, Kevelaer, www.bube.de; S. 20, 23: aus: Irmgard Erath,
Heidi Stump, Zur Hochzeit. Wünsche von Herzen. © 2011 Butzon & Bercker GmbH,
Kevelaer, www.bube.de; S. 22: aus: Antoine de Saint-Exupéry, Flug nach Arras, © 1955
Karl Rauch Verlag, Düsseldorf; S. 36: aus: Henri J. M. Nouwen, Das letzte Tagebuch,
übersetzt von F. und R. Johna, © Verlag Herder GmbH, Freiburg im Breisgau 2000

Bibliografische Information der Deutschen Nationalbibliothek

Die Deutsche Nationalbibliothek verzeichnet diese Publikation in der Deutschen
Nationalbibliografie; detaillierte bibliografische Daten sind im Internet über
http://dnb.d-nb.de abrufbar.

Das Gesamtprogramm
von Butzon & Bercker
finden Sie im Internet
unter www.bube.de

ISBN 978-3-7666-1847-4

© 2015 Butzon & Bercker GmbH, Hoogeweg 100, 47623 Kevelaer, Deutschland, www.bube.de
Alle Rechte vorbehalten.
Umschlaggestaltung und Layout: Elisabeth von der Heiden, Geldern
Satz: Roman Bold & Black, Köln